小学館文庫

扉のかたちをした闇

江國香織
森雪之丞

JN019292

小学館

扉のかたちをした闇　目次

II

＊目次・本文中の表示は作者を表しています

㊂→江國香織

㊅→森雪之丞

扉のかたちをした闇

まえがき

江國香織

詩は暗闇に生息するのだと思う、とあるとき私が言うと、森雪之丞さんは、でも、もしその暗闇が扉のかたちなら、あけることができる、と言いました。びっくりした。だって、扉のかたちをした闇——。そんな大胆な発想のできるひとを、私は他に知りません。それ、あけたらどうなるんでしょう。おそるおそる尋ねると、雪之丞さんは静かに優雅に微笑んで、それは、あけてみればわかるんじゃないでしょうか、と、いつもの丁寧な言葉遣いでこたえるのでした。そこで、私たちは詩の朗読会（タイトルはもちろん「扉のかたちをした闇」）を始め、一緒に詩を書く（タイトルは、もちろん「扉のかたちをした闇」）、ということをしてみました。あとは誰かがこの扉をあけてくれるのを、息をひそめて待つばかりです。

I

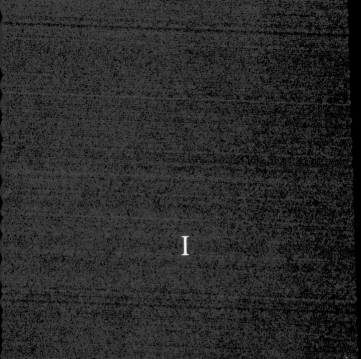

八月の男は

八月の男は
唇の上の皮膚にうっすらと汗をうかべて
プロ野球の結果を携帯電話で調べる

まるで泳いででもいるみたいに
シーツを蹴る男の足は私に無関心で
八月の男は
からだじゅうが夏休みのかたちになる

夜道で寄り添えば

香

八月 1

男のからだにはりついた薄い衣服ごしに
ただごとではない熱がつたわり
まるで犬か子供だと思うそれは熱で
けれど私がうけとめようとするそばからひやりとした夜気《やき》に
私にはうけとめきれないあっけなさでそれは
いわば無駄に発散されてしまう惜しげもなく
八月の男の声は眠たげで
愛の言葉も真剣味に欠けるのだが
真剣味に欠けていることにも気づかないほど自信に満ちている八月の男は
むやみにむぼうびにちからづよい

うちのお風呂場

うちのお風呂場には
カメのおもちゃと
アヒルのおもちゃがあります
うちに子供はいないのですが

カメのおもちゃにとくべつな名前はなく
でもアヒルのおもちゃの名前は
カランコロンちゃんたちといいます
ぶつかると
カランコロンといい音がするので

香

そういう名前をつけました
ぜんぶで六羽の
カランコロンちゃんたち

カメもアヒルも
夫が買ってきました
私はときどきそれらを湯船に浮かべて眺めますが
夫がお風呂に入るとき
どうしているかは
わかりません

八月は幻

キミの斜め後ろにホコロビがある
ほつれた紐や針金が数本
空気から食《は》み出している

ホコロビを避けながら愛しあった
崩壊の予鈴《よれい》を喘《あえ》ぎ声で殺しあった
やがて
冷蔵庫の奥で発火したマッチのように
短く青白くキミは燃えた
八月は幻

雪

八月 2

そんなこと大人になれば誰でも知ってる
八月は幻
だからボクは詩人になりすませた
奔放なキミが
不意に　そんな涙をこぼすまでは

ベッドのどこかにシコリがある
さっき抱きあった時ごろごろと
脇腹の辺りで邪魔だった小さな塊

シーツに潜って
どうやらキミは確かめている
幻と現実を繋《つな》いだ結び目が
まだ解《ほど》けていないことを

まぼろしのしょうたい

幻の世界など何処にもない
そこにはただ
美しい夢を映し取ろうとする
ひび割れた鏡があるだけ

雪

九月のことです

息をするだけで熱い午後で
原稿用紙の枡目は埋まらず
私は階下に降りました
おなかがすいていたわけではないのですが
ほかに誰もいない台所で
冷蔵庫をあけるとかまあげしらすがありましたので
ラップをはがし
パックから直接
スプーンですくってたべました
まず冷気が
つぎにやわらかく甘い塩けがひろがって

香

九月1

私はうっとり目をとじました
かまあげしらすたちは
もちろん錯覚なのですが
眠っていたようでした

目をあけると
居間のカーテンを透かして
狭い庭が見えました
彼らの夢見ていたのかもしれない海が
そのときガラス戸の外に押寄せ
彼らが泳いでいたときのままの
深さとつめたさと圧倒的な心強さで押寄せ
ガラス戸を突き破ることもなく私を
胃のなかのしらすたちごと
のみこんだのでした
九月のことです

シェリルとロバート

わたしたちはあの日
シェリルとロバートだった（証拠写真もある）
脱獄には失敗したけれど
午前中の雨が昼すぎには唐突にあがり
真夏みたいにあかるい日ざしが照りつけた
ちょうど十七年前の
私が時計を失くした日とおなじように

こわい乗り物はできるだけ避けたけれど
水しぶきのかかるやつには三回乗った

香

橋の上には五回くらい立った
あふれんばかりの日ざしのなかで

そしてそのすべては
MとYからの
美しい贈り物だったのだ

私の時計は消えてしまった
時間は私を置き去りにした
十七年も
けれどここにはすくなくとも日ざし
ふんだんな　とほうもない
日ざし
時間の外側
シェリルとロバートの上に

怪盗セプテンバー

「朝日は夕陽にして返す
涙は夢見薬《ゆめみぐすり》に調合して枕元に置いておく」
怪盗の言葉は揺るぎない
義賊としての威厳に満ちている

「盗まれたいものは他にないか？」
怪盗は訊ねる
去年と同じ口調で

「あのぅ…」

雪

九月 2

「ドーナツの穴は盗めない」
「いえ　恋人の記憶なんですが…」

——そう　彼女は堤防にいた
波に生まれた光の蝶が
麦わら帽子と戯れていた夏の午後
——彼女にはわかっていた
恋という美しい誤解が剝がれた後も
愛を演じあわなければならない
幸せの醜さを
——そして彼女は

「あぁ　愛を知ることに臆病な男よ
おまえは忘れているだろうが
それは毎年　私に盗ませている記憶だ」

そう言いながら
怪盗セプテンバーはマントを空に翻し
忽然と消え去る
海辺に　私と気怠《けだる》い9月を残して

目をこすり目を開ける
この何か新しい恋が始まりそうな予感は
錯覚なのだろうか

盗みたい

心は盗めないから　せめてもと
この詩に目を通している
あなたの束の間を　盗んでいるのです

㊁雪

ナイロンってなに

湿ったウールの匂いはかなしい
夕方五時に弾くピアノの音や
もう会えない人たちの思い出や
口論のさなかにふいに訪れる沈黙や
誰かの嘘を信じるふり
と
おなじくらいかなしい

先のまがった煙草の吸殻や
ぶつぶつ鳴る古いレコードや

香

十月1

なくした指輪や
電車でゲームをしている知らない人の表情
と
おなじくらいかなしいいし

いわれのない叱責を受けたときの気持ちや
穴のあいた浮輪や
小学校の下駄箱や
色あせた絵葉書
と
おなじくらいかなしい

実にまったく
湿ったウールの匂いはかなしい
けれど私は依怙地《いこじ》なので

雨の夜でも
断固
ウールのオーバーを着て
でかけます

セントラルパークの冬の日

冬眠しているのか凍死したのか
わからない栗鼠が一匹
木の根元に横たわっていた
セントラルパークの冬の日
雪景色で
何もかもが調和していて美しく
バスタブで死んだ母も
こんなふうだっただろうかと
私は思った

香

十月の透明な魚

透明な魚達が跳ねて
刺繍《ししゅう》のように波を海に縫い付けると
男は孤独でしかない

風はある時大切な言葉を話すが
その時に限って人は耳をふさぎ
禍々《まがまが》しい世界に向けて
悲鳴をあげている

その開けた口から太陽はなだれ込み

雪

十月 2

形のない心にも影を作る
光が強いほど影は濃く不気味で
こんな怪物のようなものを抱いて
これからも生きていくのかと思うと
男はまたひどく憂鬱だ

幾億ものプランクトンの死骸が
哀しみを知らず西日にきらめく堤防
最後の煙草を挟んだ指にふうっと
沖合の船が透けて見える
ここにいることを報せておかないと
本当にこのまま消えてしまいそうで
スマホで誰かの名を探すが
それが誰なのかは
もう忘れている

透明な魚達が跳ねる
十月の
たぶんどこにもない海辺の村で

晩餐

ベイビー　何が欲しいの？
未来は抵当に入ってる
でも今宵の晩餐はいかが？
シェフおすすめ秋のメニューは
完熟した孤独のフィットチーネ
透明な魚のムニエル
新鮮な情熱のサラダ
濃厚な秘密のジェラート
ミダレ蟹のガーリック・ソテーは

雪

手を汚して食べるんだ
指を何度もしゃぶって
舌が卑猥な生き物に変わる頃
夢は始まっている　ほんとうだよ

いくつもの十一月が

いくつもの十一月が
しずかに行進してくる
薄闇のなかに
ぼんやりと白く

氷のようにつめたい指先で
私の頬をなでる
彼らは

彼らはわたしに思いださせる

香

十一月1

とても遠くまできてしまったことを
戻る場所など
もうないことを
いくつもの十一月が

一列になって行進してくる彼らは
まるで冬木立のようだ

赤いワンピースで夕暮れの街を

赤いワンピースで夕暮れの街を歩くあなたを
どんなにあいしているかに気づいて
私はほとんど倒れそうになりました

あなたはヒールのない靴をはき
異国の街をすたすたと歩く
動物園で縞馬と虎とライオンを見たがり
蝶はべつに見なくてもかまわないと言う
バスルームに化粧品の壜をならべて
これでよしと言う顔をする

香

そこにいたのはまぎれもなく
私のよく知っていた子供
同時に私の知らない誰か

赤いワンピースで夕暮れの街を歩くあなたを
私は忘れないでしょう
幾つの朝をべつべつに目覚め
幾つの夜をべつべつに眠って
幾人の男が私たちを通りすぎても

十一月の旅人には翼がある

探し続けていたのか？
逃げ回っていたのか？
華氏77°の空港で虹を見つけた朝も
霞《かすみ》という町の路地で息を潜めた夜も
旅の途中だった

何処へ行こうとしたのか？
何処《ドコ》へ行っても其処《ソコ》がまた此処《ココ》になる
その騙し絵の中で生きて死ぬのが人だと言うのに
なぜ旅に憧れる？

雪

十一月 2

晩秋の月はさめざめと青く
地面を濡らす寡黙な影が
男の背中に翼が生えたことを教える

翼…
何処にも行けない旅人を見兼ねて
神が与え給うた奇蹟《ギフト》
男は笑う
飛び方を知らずに翼を持つこと
そいつは
叶え方のわからない夢を抱え込んできたことと
何が違うと言うんだ

無意味な分　翼は重い

囚人が引き摺る鉄球のように重い
歩き疲れ 其処《ソコ》が此処《ココ》になり
十一月の闇が朝の気配に溶かされた頃
旅人は気づく
空は飛べなかったが
初めての町に 辿り着けたじゃないかと

光に震えて 翼が少し拡がる
役立たずのくせに
なぜか自慢気に

ツバサご使用上の注意

見えない翼で飛べるのは
心の空だけです
流れ星が欲しくて
ビルの屋上からジャンプする行為は
危険ですのでお控えください
くれぐれも

雪

十二月の鏡

十二月の鏡には
十二月の女が映る
十二月の女は青白く
はだかでふるえている

十二月の女は着飾ってでかける
あたたかな場所に
気心の知れた仲間と
十二月の女は安心していられる
しんから幸福そうに見えるし

香

十二月 1

たぶん彼女はしんから幸福なのだ
でかけた先に
鏡さえなければ

そこがどこであろうと
そばに誰がいようと
十二月の鏡には
十二月の女が映る
十二月の女は青白く
はだかでふるえている

小説を読むことは

小説を読むことは
つまり
死ぬ準備をすること
いつか
この世のすべてに別れをつげる
練習をすること

香

ヤドカリと十二月

虫カゴで飼っていたヤドカリが
脱皮するために次の貝殻を探している
ヤツはいつ気づくのだろう
未来を運んでくるはずの波が
もう随分と来ないことに

抽斗《ひきだし》に残っていた線香花火を
ベランダの暗がりに咲かせた
咲きかけた瞬間
橙色《だいだいいろ》の玉を北風に掠め取られて実感したのだ

雪

十二月2

花火と私が季節に置き忘れられたことを

1年は12カ月
いつ教えられたのだろう
人として恙無《つつがな》く生きるための知識を
誰に入れ知恵されたのだろう
身体は獣の仲間だという秘密を
なぜ突きつけられたのだろう
心はコワレモノのひとつだという事実を

花火を見上げた夏
度の強い眼鏡を外して彼女は言った
すべての光は色とりどりの涙だと
老眼の私は
近づくほど彼女を見失っていた

小さくなった貝殻のように
夏の亡骸《なきがら》は心を締めつける
脱皮しなければ
自由にならなければと
焦りながら私は待つ
未来からの波を

運命の虫カゴから逃げることのできない
ヤドカリにすぎないというのに

ツツガムシと豆知識

〝恙無い〟って
ツツガムシにはヤラレてないぜって
安堵を共有するために生まれた言葉らしい

雪

一月の朝

けさ
めがさめて
さいしょに
たこを一匹
まるごと茹でて
たべたいと
おもった

香

一月1

大切な古いぬいぐるみ

大切な古いぬいぐるみを
しっかり抱いていたつもりがうっかり
手を離して失くしてしまった
とばかり思っていたのに
いつのまに私は捨てられたのだろう
そして
いつから私は誰かの大切な
古いぬいぐるみだったのだろう
気がつけば道にころがっていた
側溝に落ちたそのままのかたちで

香

ただじっと青空を見ていた
あたりはさむざむしく冬で
人々の足元にころがっているぬいぐるみの私は
でも心の底の底のどこかで
愉快な気持ちがしている
やっぱり
と思っている

一月に還暦を迎える僕へ

雪

一月2

一月に還暦を迎える僕へ
と 書き始めて笑いを堪えた
だって『僕』って言葉は
ガキが初めて自分を主張するための一人称
60年もそのままか！

いや 違う
初めてタバコを吸ったのは『俺』だった
同伴喫茶でルミの乳房に触れたのも
ライヴハウスで箱型マイクに絶叫したのも

薄暮の交差点で孤独の群を眺めていたのも
間違いなく『俺』だ

では何時《いつ》か何処《どこ》かに『私』もいたのか?
就職試験を受けたことがないので
『私』はいなかった
閑話休題

精神科医に言わせると
『僕』を多用する男には少年回帰願望があるらしい
確かに
僕はガキの頃拾った青空の破片を
胸ポケットに隠したまま大人になってしまい――

ずっと夢を見ている気がする

霧に煙った巨大な森を彷徨《さまよ》いながら
得体の知れない怪物に日々戦いを挑んでいる
そんな夢だ
『俺』は誤って大木や自分の影を殴り敗北続き
今や身も心もボロボロだが
『僕』は怪物を未来と呼び直して
優しく抱きしめる術を覚えた
果てしなく続く結末のない夢
やがて死が訪れる時に
僕はこの夢から醒めるのだろう

一月に還暦を迎える僕へ
たかがまだ60歳の僕へ
頼むからまた『俺』に戻って
ひと暴れするのだけはやめてくれ

九年後に還暦を迎えるあなたへ

雪

耳は遠くなりましたが
あなたの想いはあの日より聴こえます
目はよく霞みますが
まだあなたの涙は拭いてあげられます
声は嗄《か》れていますが
心とよく似た言葉をやっと見つけました
歌わせてください　もう一度
果てない夢の途中で

二月の音楽

雨の昼間に
ミートソースを煮込んでいます
窓ガラスが汚れていることに気づきましたが
雨なので
磨くのは今度にしようと考えながら

それにしても雨音は
死者たちをよみがえらせる
つめたそうな　きりのない
それは二月の

香

二月 1

音楽
記憶が部屋にたちこめる

現れては消える過去たちは
ささやき　ざわめき　さんざめく
遠く　近く　すきとおる
その　ひそやかなあかるさ

そして私は
二月の音楽にとじこめられる
ミートソースの具体的な匂いまで

私はなぜまだここにいるのだろう
ひとりで　この世に
この部屋のなかに

旅

旅にでるとき
きまって
家を捨てる気がするのは
どういうわけだろう
すぐに帰ってくるのに

わたしたちの家はピンクで
窓枠は茶色で
ひめりんごと雪柳と
薔薇と沙羅《さら》双樹《そうじゅ》が
植わっています

香

二月の文学

やがて雨が雪に変わると
あなたは睫毛《まつげ》を街燈に向け微笑む
またひとつ
世界の秘密を見つけたように

そんなとき私は
空気として吸い込んでいた言葉が
感情の輪郭を現すのに気づく
あわく　いびつに　ずっしりと
それは二月の

雪

二月 2

文学

物語が舗道に降り積もる

そうだったものをそうだと言い直したり
見えないものをあると言い切ったり
言葉にならなかったものを
やはり言葉にできなかったり

いつしか私は
二月の文学にとじこめられる
凍った唇への驚きと共に

千あるものを一文字で言いくるめたり
一つしかないものを千の比喩で言い落したり
言葉にならなかったものを

もう一度言葉にしようとして
私はまだここにいるのだろう
あなたと　この世に
この夜の隅に

家

旅をしていると
きまって
家を思い出してしまうのは
どういうわけだろう
もう帰らないつもりなのに

わたしの旅は壮大で
すべてを奪い去ってしまうような青空と
惚れ惚れするほどの孤独が
いつもそばにいます

雪

三月の幼女

あかるく晴れた
風の強い午後の道を
ひたすらうしろ向きに歩いている幼女がいて
その力強さと
こうごうしさに
すこしのあいだ
私はみとれた
なぜうしろ向きに歩くのか
どこまでそのように歩くのか
問うてはいけない

香

三月 1

もちろんいけない
風はつめたく
人も車もせわしなく往き交い
でも
断固うしろ向きに歩くのだ
という意志が
日ざしのように
彼女からあふれているのだった

よく知らない男のひと

よく知らない男の人と
寝るときには緊張します
と言えば放埒《ほうらつ》なようですが
最初のときには
誰だってよくは知らない男の人です
すこしずつなじみ
いとしんだりいとしまれたり
あふれたりあふれさせたり
して
やがて

香

よく知っている男の人と
安心して寝られるようになります
けれど
でも
よく知っている男の人とのあれこれはみんな
おぼろであいまいな一つの記憶にすぎなくなり
記憶のなかでしたたかに微笑み
私を誘《いざな》い
焦がれさせるのは
もうどこにもいない
よく知らない男の人
だったりします

日曜日の天使は退屈、特に三月は。

日曜日の天使は退屈
だって誰もボクを必要としないんだもの
特に三月はね

バレンタインデーまでは大忙し
月曜日に求愛の弓を磨き
火曜日は腕立伏せで筋力アップ
水曜には街中の図書館を回って
すべての本から『絶望』という言葉を消した
さて下準備が整ったら

雪

三月 2

木曜に片想い真っ最中の彼女を見つけ
金曜日は探偵気取りで彼氏の身辺調査
無愛想だけど悪い奴じゃなかったから
土曜日の朝恋の矢を放った
もちろん見事命中！
そして果たして要するに
日曜日の天使は退屈

ブロンドの枝毛を切りながら
何もない月曜日の予定を考える
そうだ！　天気が良かったら
春の萌《きざ》しをあちこち探して過ごそう
濡れた枯葉の下に息づく小さな新芽や
寒空《さむぞら》のガウンを脱いだ太陽
キーが半音上がったツグミの歌や

そして果たして要するに
気になるあの二人のファースト・キスもね

反抗期の天使

あぁ気にしないで
ヒマだったからさ
ヒマだと色んなこと考えちゃうんだよね
存在…理由…みたいなこと
だって誰もボクを必要としないんだもの
だから気にしないで
黒いタイツ穿《は》いてシッポ生えてても

雪

誰かが縛った雪柳

誰かが雪柳の枝を縛ったのよ
私たちの雪柳

あなたはまるで生卵みたい
完璧にまるいかたちで
一分の隙もなく閉じていて
さわるとざらざらしている

私はいつか
あなたを砕々《こなごな》にしそうでこわい

香

四月1

生卵には耳がない
私の言葉はあなたには届かない
私は雪柳をほどいてやった
昼下り
誰かが縛った雪柳

アイスクリーム

香

チェロ
スイートクリーム
トローネ
バーボン・ソルティド・ペカン
ハニーミルクチョコレート・ウィズ・スモークト・アーモンド
ダブルトーステッド・ココナッツ
スイートコーン・スプーンブレッド
レモン・バターミルク・フローズンヨーグルト
ワイルドベリー・ラベンダー
ピスタチオ・アンド・ハニー

ミルキエストチョコレート
アーモンドバター・アーモンドブリットル
ダークストチョコレート
店員の女の子は眼鏡をかけていた
かわいかった
色が白くて
真面目そうで
やせっぽちで
子供みたいに若い子だった
こんなにたくさんの
興味深い名前のアイスクリームを
見たのははじめてだったので
私は全部メモした
テネシー州のナッシュビルで

四月は桜吹雪の中で

スニーカーで蹴りあげた身体を
サドルがしっかり受け止めた
一周一・七五キロのアップダウン
砧公園のサイクリング・ロードは今や
散った桜が景色に流れ浮かぶ
魔法の国に変貌している

ぐうっとペダルを踏み込む
そこにいた空気が不意に
風だったと正体を明かす

雪

四月 2

一つ目のカーヴへ
ためらわず預ける体重
待ちかねたように上がる速度

前方には積もった花びらが
漂泊の雲を真似て立ち込めている
迷わず突入
心が躍る
桃色が舞う
生きていることを歓迎されて
命が声をあげ喜んでいるみたいだ

四月は桜吹雪の中で
僕は勇気を取り戻す
こんな夢みたいな出来事が

この世界ではまだ起きるんだと
うなずきながらペダルを漕《こ》いで
僕は勇気を取り戻す

グルメな小鳥

公園のバード・サンクチュアリから
庭に遊びに来るシジュウカラやキジバト
お願いだから今年は
人間達にも残しておいてくれ
あの甘いブルーベリーの実を

雪

五月の航海

この日々が航海ならば
私は五月の波を越えよう
その先に待っているのが
六月の波にすぎないとしても

じりじりと日にあぶられ
——五月の日ざしの紫外線含有量ときたら！
潮風が肌を刺し
海図の読み方など知らないとしても

香

五月1

すくなくとも水はある
どんなに喉が渇いても
海水をのんではいけないと知っているから
大量に積み込んであるのだ

雨が降らなくても
突然誰かが遊びに来ても
流れついた犬や猫を全部拾いあげても
大丈夫なだけの水を

世界じゅうに結婚が

身も世もなく恋をした果ての結婚も
なんとなくなりゆきで
気がついたらしていた結婚も結婚で
世界じゅうに結婚が
あふれ返っているのでした
たとえばこの
あかるい夏の夕暮れに

あの路地にもこのビルにも
結婚したひとたちが住んでいて
あの電車にもこのバスにも

香

結婚したひとたちが乗っていて
あの花屋でもこの八百屋でも
結婚したひとたちが働いている

続いていくそれも
破綻するそれも
みずみずしいそれも
かさかさのそれも
饒舌《じょうぜつ》なそれも
寡黙なそれも
結婚は結婚で
世界じゅうに結婚が
あふれ返っているのでした
たとえばこの
あかるい夏の夕暮れに

五月晴れの空のせい

朝ハムエッグが焦げたのは電話のせい
イビキは夢の中で悪霊を追っ払っていたせい
風邪を引いたのは縮んだパジャマのせい
きっと詩が書けないのは風邪薬のせい
責任転嫁は了見の狭い心のせい
昼ワンタン麺が伸びたのはメールのせい
パンツのウエストがキツイのはデザインのせい
仕事に遅刻したのは鮮やかすぎる紫陽花《あじさい》のせい
バンパーをコスッたのは黒猫が昼寝していたせい
言い訳はいつも素直になれない心のせい

雪

五月 2

今キスしたのは会話に飽きたせい
次のキスは理由を訊かれたくなかったせい
だから見上げちゃうよね南十字せい　…などと
肝心な所で茶化してしまうのは弱虫な心のせい
恋を何かのせいにしないでと叱られたくないせい

あの日あなたを抱きしめてしまったのは
何かにしがみ付いていないと吸い込まれそうだった
五月晴れの真っ青な空のせい

五行詩『こくはく』

しのあたま
すき！　とさけんで
そのあとは
かくことないので
ひるねした

雪

六月の紅茶茶碗

紅茶茶碗の磁器のつめたさにたじろぐのは
自分に体温があることへのおののき
わたしはとても許容できない
紅茶茶碗くらい物静かに
紅茶茶碗くらいたしかに
紅茶茶碗ほどに完璧な一人で
この世に在りたかったのに

香

六月 1

わたしがあなたを愛しているあいだに

香

わたしがあなたを愛しているあいだに
世界はすっかり変ってしまった
人々の気配も
地下鉄の終点や路線図そのものも
電気炊飯器の構造さえ
わたしがあなたを愛しているあいだに

わたしは小鳥の声をきき
茹で玉子と桃をたべ
日ざしをあたたかいと思った

風が遠くの木々を揺らし
いろんな緑が遠くで揺れた

わたしは足を波にひたして
ひき波のときにすこしだけ
足の下から砂が減る感触をたのしんだ

わたしは雨の匂いをかぎ
降るぞ降るぞと心躍らせ
降ると笑って
思うさま濡れた

そして
世界はすっかり変ってしまった
わたしがあなたを愛しているあいだに

六月は死者が囁く

死者は生きる
生き残った者達の心の中で
その者達が死者になるまで
瑞々《みずみず》しく

六月の雨の夜
あなたはここにいる
老いても美しかった
あの少し傲慢な笑顔で
友は爪を噛む

雪
六月 2

風に煽《あお》られた雨粒が不意に窓を叩き
この時を待っていたかのように
私は友に詫びる
疎遠になってしまった最後の数年を
逢いたいのに逢わなかった複雑な感情を
病室で別れも告げぬまま
天国に逝かせてしまった不甲斐なさを
そして
私に激しく嫉妬させるほど
あなたの生き様は素晴らしかったと
そう言ってあげられなかった小さな自分を
私は死者に詫びる

けれど

赦《ゆる》しもせず　責めもせず
嘆くことも　諭《さと》すこともなく
ただ死者は囁く
生きていることの尊さを
沈黙という言葉で

同義語

想えば近づいてくる気がして
思考の外に追いやってきた
悲しみを伴うその響きを
寄せつけないだけの若さがあった
祖母が叔父が友人が
生き物としての約定《やくじょう》に従って消えても
違う世界の出来事だと思い込んでいた
だからとても時間が掛かった
それが『生』と同義語だと分かるまで

雪

七月の歯ブラシ

たとえそのすこし前に替えたばかりだとしても
私の場合
七月一日にはかならず
歯ブラシを新しいものに替えたくなります
どういうわけか
七月一日には
かならず

香

七月1

刹那

香

今年最初のガスパチョの
最初の一掬《ひとすく》いを口に入れたあなたは
世にも官能的なためいきをこぼし
よそのテーブルの客まで幸福にする

その部屋は船になり　たまたま居合わせた数人の客と――味のいい店なのに　経営は順調とはいえないらしい――たくさんの酒壜を積んで　夜の海を進んでいる　黒々とした波を切りさき　ちゃぷりこぷりと音を立てて空にはぽっかり満月が浮かび　いつのまにか子供や年寄りや　猫までが乗っている　風がでてきましたねと船長が言い　私はデッキであなたの腕に

つかまる　小さな船かと思いきや　それは存外豪華な船で　ちゃんと立派な船室があり　何日も何日も泊れる　ので　私たちはどこまでも進む　あちこちに寄港し　よその国のよその街を歩く　そしてまた乗るのだ　家に帰るみたいに　この船に

そういうことのすべてが
今年最初のガスパチョの
最初の一掬いを口に入れたあなたの
世にも官能的なためいきをこぼす
その刹那に

孤独の旗、七月の風。

あなたが潔《いさぎよ》く
自らの孤独を旗と呼ぶのなら
私はその旗を勇壮に揺らす
七月の風になろう

淋しさのデザインや痛みの配色
あなたが誇らしく
あなただけの旗を掲げる限り
私もまた真摯な風であり続けよう

情熱は煽《あお》りあうもの

雪

七月2

歓びは響きあうもの
憧憬は混ざりあうもの
けれど孤独は決して
分かちあえないもの
不可侵な孤独だけが旗となり
雑駁《ざつぱく》な世界の地図に
あなたの位置を意味づける

翻れ　夏空を
翻れ　未来へ

私が傲慢に
自らの愛を風と吹聴《ふいちよう》する間は
美しい人よ
その涙でまた私を魅了しておくれ

迷うための地図

きちんと辿り着くことより
なぜだか辿り着けない面白さを
本当はみんな知っているはず

徒歩15分の小学校へ
快速で1時間のオフィスへ
夢と涙を乗り継いで6年目の結婚へ
肺呼吸80年の天国へ
どうやって迷うか？　道草するか？
その企《たくら》みが人生なら

雪

さぁ意志を持って開くのだ
迷うための地図を

一年

りんごはまるく
でもそのまるさは
オレンジのそれよりもしずかで
にぎやかなオレンジにはにぎやかなオレンジの
しずかなりんごにはしずかなりんごの
一年がある
それぞれの皮の内側に
きっちりと閉じ込められて
髪を切ったり

香

一年1

冗談を言ったり
旅にでたり
風邪をひいたり
して
一匹の蚊にとってはSF的にながい一年を
私たちはやすやすと生きる

恋人たちの一年はいつも甘く
子供たちの一年は真空パックみたいに不自然に閉じ込められて

本を読んだり
窓をあけたり
歯医者に行ったり
フライパンを洗ったり
して

一匹の蚊にとってのはるかな未来まで
シャワーをあびたり
ビールをのんだり
けんかをしたり
カレンダーをめくったり
して

湯布院にて

㊍香

舐めかけのメロンドロップみたいなくすぐったい緑色の
だからつまり古めかしい
緑緑した青信号の信号機がその街にはまだあって
すこし歩くと
でも街は山と見分けがつかなくなる
両側から木々の迫る山道はむしろ窒息しそうに緑、緑、緑で
呼吸のたびに
手足まで緑色になる
水のすくない川の流れは存外に速く
魚が腹を見せるたびにちろちろとあちこちが銀色に輝く

風が涼しいのは山の上だからで
六月の木々は野蛮にも繊細にも快活にも緑で
それはもう埋もれそうに緑、緑、緑で
自分が一つまみの乾燥茶葉《ちゃば》になった気がする
それは錯覚ではなくこれまで知らなかった事実で
なんということだろう
私は茶葉だったのだ
街が山なのか山が街なのかわからないくらいに
ともかくそこらじゅう生きている緑で
空気をすいこむと
ここの緑は涼やかに　目ではなく鼻にしみる

そして1年が過ぎ

そして1年が過ぎ
庭先の薔薇は少し小振りになった
トネリコの枝に残る巣の主は旅立ったままだ

1年が過ぎ
私は2人の友を天国に見送り
妻は3kgのダイエットに成功し
4歳の娘には人生5つ目の秘密ができた

1年が過ぎたが

雪
一年2

あの日と同じように
誰かの声に　いや　どうせ風なのだろうけれど
呼ばれた気がして　つい空を見上げる

四つの季節が巡る国では
記憶に様々な色彩が刷り込まれているものだ
だが不思議なことに
私は灰色の空しか覚えていない
分厚い磨りガラスが嵌《は》め込まれたような
巨大なドブネズミ達に占拠されたような
気だるい憂鬱の固まりのような空

1年が過ぎて
彼女にはきっと新しい恋人ができただろう
太陽が滲《し》み込んだ彼のシャツに顔を埋めた時

どんなに世界が灰色でも
雲の切れ目に陽だまりを見つけ
そこに立ちすくむことが幸福なんだと
たぶん気がついた頃だろう

庭先の薔薇は少し小振りになった
巣の主はまだ帰らない
私は
1年前の私が今の私に宛てた曇り空の絵葉書を
1年後の私のために真っ青に塗り直し
時の配達人が来るのを待っている

時の配達人さんへ

2ヶ月も来なかったくせに
ドサッと半年分の時を配達しないで下さい
2ヶ月も長く私は想い出に苛《さいな》まれ
4ヶ月も早く私はその綺麗な涙を忘れてしまう
月が太陽と交わした契約を
時と心はいつから守らなくなったのですか?

雪

II

空港と自由

空港でのむレモンティは
きまって薄く
どういうわけか生ぬるい
煮えてしなびたレモンは
厚すぎるか薄すぎる
空港でレモンティをのむのは
きまって一人きりのときで
きまって誰かと別れたあとで
見送ったのであれ
見送られたのであれ

香

連弾1

そこには
突然の自由をもてあます子供が
何度でもとり残される
今度こそひとりではなくなったと思ったのに
今度こそ不自由になったと思ったのに
一人で
自由に
レモンティと共に

ひとりになるため誰かを愛して

雪

連弾 1

人生が果てない旅だと感じるのは
到達点に〝はじまり〟とルビを振ってみせた
迷惑な詩人のせいだろう
あるいは一本の紙テープだった道筋を
糊で貼りつけ輪っかにしてしまった
幼子《おさなご》の仕業かも知れない

祝祭のある広場にたどり着き
私は恋をする
人いきれに酔い

言葉を応酬し
情熱の灰汁《あく》にまみれた指先で
未来への搭乗券を手渡しあう
だがその後
私は猛烈に孤独が恋しくなる
群れを抜け出せばいつも砂漠の空
心を映して月は今宵も
さめざめと泣いてくれているのだ

私はまたひとりになるために
誰かを愛してしまったのだろうか？

〝終わりを失くした始まり〟ばかりが
土産物《スーベニール》のように旅行鞄を埋めてゆく人生
それにしても機上のレモンティは

どうしてこんなに熱いのだろう
冷めるのを待つ数分だけが
至福の休息だと言わんばかりに

帰宅

旅のあとはうれしい
古ぼけた風呂場が
薄暗い台所が
清潔な衣類のふんだんにあることが

けれど
では
あの広場はどこに行ったのだろう
たしかにそこに立っていた
強情そうな顔つきの女は？

香

連弾2

不用意な私は
不用意に旅をして
いつも自分を半分そこに置いてきてしまう

旅のあとはうれしい
埃っぽい階段を
重い旅行鞄をさげてのぼりながら
あしたはまず雑巾がけだ
と思うことさえもうれしい

残された方の私は
強情そうな顔つきのまま
たぶん
まだ

最後にたべた羊肉を
消化しているところだろうに

時差男《ジサオ》と東京男《トキオ》

さっき眠ったばかりだというのに
時差男《ジサオ》が騒ぎだす
Rラインの地下鉄で乗り合わせた黒人女性
ヒップの位置が異常に高くて
モデルみたいに彫りが深くてさぁ…

まだ夜中の二時だろ　寝ろよ
東京男《トキオ》は髪を掻きむしる
いつもこうだ
ニューヨークから帰って来るとコイツが現れて

雪

連弾2

47丁目の喧噪そのままに祭り騒ぎを続ける

用意周到な東京男《トキオ》は
毎回綿密な計画を立て
やり残しがないよう慎重に旅を終えるのだが
未練か余韻か追伸といった風情で
時差男《ジサオ》がピリオドを引き延ばすのだ

摩天楼の輪郭に沿って流れる時間
なぜかJAZZが似合う巧妙な湿度
タイムズ・スクエアに溜まった泥水の異臭
無意識に身体が記憶してしまった
屈強なあの街の猥雑な日常
時差男《ジサオ》は今もあの広場にいる

やがて時差男《ジサオ》が消えた後
東京男《トキオ》は気づくだろう
空気中の元気を吸い込む肺活量が
少し増えていることに

深夜二時に

深夜二時に服を捨てるのは
とてもむずかしいことだ
一着ずつに亡霊がいて
ゆらゆらと
部屋のなかで踊るから

あれらは過去の私です
いまの私とは関係がありません
そう言えたらいいのだが

(香)

連弾3

深夜二時につかる湯船は
海原ほどにも果てしがない
女の白い裸のからだ
ゆらゆらと
どこまでも大きくふくらんでいく

これはまた奇妙な物体ですね
たぶんのんきなクラゲでしょう
そう言えたらいいのだが

深夜二時に聞く雨の音は
一打ずつがくっきりと大きい
屋根に窓にといに地面に
だつぼつだつっときりもなくおちて
私をここに閉込める

合鍵

閉じ込められているのか？
閉じ籠っているのか？
彼女の心境はいつも曖昧
過去という亡霊が
看守だったり愛人だったりする
オペレッタの王妃のように

高慢で眉を顰《ひそ》めているのか？
意外と必死な状況なのか？
彼女の表情は実に複雑
歌えば美声なのに

雪

連弾3

青虫を捕獲してクチバシを開《ひら》けない
セキセイインコのように

深夜だったがメールを送った
これは〝合鍵〟だよって
スマホの明かりをドアに翳《かざ》せば
あなたは自由に羽ばたけるよって

けれど
糸で指を縛られたのか？
湯船で溺れかけているのか？
彼女から返事は来ない
〝自由〟の意味を検索しなおし
ファミレスで5杯目のコーヒーを飲む
僕なんか本当はこの世にいないかのように

自由と不自由

マッチョマンさん
メールをありがとう
でも
この世にいない男からの
やさしい言葉はかなしい

あなたのいけないところは
自由のなかに
私をとじこめておくところ

香

連弾4

仕方がないので
深夜ひとりで
勇ましい音を立てて
かりんとうを噛み砕いています
強く大きくなるために

強く大きくなりなさい
父と母の声がします
ああ
私は父と母に会いたい
不自由の毛布で
私を包んでくれた人たち
とっくに
死んでしまった人たち

ねえ
どうか
私に自由を与えたりしないで
私はそれ
はじめから持っているの
自由には
ほとほとあきあき
してるの

偏屈な生き物

かりんとうを噛み砕く音が
誰かの愚痴に聞こえます

〝ナイモノネダリ〟なんて贅沢な言葉
勝手に造りやがって
どうせなら〝アルモノシラズ〟の方が
よっぽど意に適《かな》っているのによ　と

湯気を吐きだすポットの音で
誰かの愚痴は続きます

雪

連弾4

「愛されると束縛されて
その不自由さに幸せを感じる」って
6文字目の〝束縛〟から
〝不自由さに〟までをトルツメして
「愛されると幸せを感じる」じゃ
だめなのかよぉ

表に裏を透かせてみたり
光に影を揺らしてみたり
善に悪を垂らしてみたり
人間はいったいいつから
かくも複雑な心情を編み出しちまったのか

煎茶が喉仏《のどぼとけ》を通過する音で

誰かに愚痴を返します

あ~あ 面倒臭いったらありゃしない
こんな偏屈な生き物になったのは
あなたが御自分に模したせいですよ

私たち、雀ならよかったのにね

香

連弾5

私たち
雀ならよかったのにね
そうしたら
どこの家の庭も
私たちの遊び場
この世の
あらゆる柵が
屋根が
棒杭《ぼうくい》が
電線が

土のぜんぶが
私たちのベッド
空気をわずかにふるわせて飛ぶ
黒ビーズみたいな目をした
小さくて臆病な
私たちの我が家
日陰も
日なたも
夜も
昼も

僕は、飛び魚がよかったな

雪

連弾5

僕は
飛び魚がよかったな
そうしたら
暴走鮫も
絶望イカも
お説教イルカも
誰も僕たちには追いつけない
ぐんぐんぐんぐん
生きる歓びをスピードで表現《あらわ》して
切り裂くように抉《えぐ》るように
海面バンクを突っ走る

ぐんぐんぐんぐん
そして跳躍《ジャンプ》&飛翔《フラ〜イ》!

地上の独裁者『太陽』の洗礼を
銀のウロコで七色に蹴散らして
僕たちは尾ひれで
一瞬　時間を止める
世界が気づかないうちに
一瞬　永遠を盗む

二人はギャング
いつか死という底引き網に
とっ捕まってしまうまで
ぐんぐんぐんぐん
ぐんぐんぐんぐん

ぽっかり

それはきまって一人のときに突然くるの
身体のなかから湧きあがってくるの
ぽっかり

たとえば窓ガラス
庭の生気と私とを
きっちり隔てる一枚のそれ
鼻とか
手とか
どこかで触れるとつめたくて

香

連弾6

途端にびっくりして思うの
あ　私　まだ生きてるって

たとえば旅先の朝
見慣れない場所
見慣れない日ざし
見慣れない人々
見慣れないカップに注がれたコーヒーを
一口飲んで弾かれたように思うの
あ　私　まだ生きてるって

それは困惑するような
恥かしいようなことなの
身体のなかから突きあげてくるの
野蛮に

たとえば夜の街路
切らした煙草を買いにでて
しんとした住宅地を歩き
木々の匂いのする湿った夜気《やき》を
すいこんだ途端にほとんど驚愕して思うの
あ　私　まだ生きてるって

でもいまは
まだ生きて
ここにいるって

忘れ上手

失礼しました！
酸素を摂取し二酸化炭素を排出している
そんな大変な最中に
キスして申し訳ない！

忘れてるんだね　僕達は
たとえば心臓
毎分60から90も拍動する働き者を
安寧《あんねい》の中に置き去りにしている
たとえば幸福

雪
連弾6

それがどんなに素敵なものなのか
失くしてからでないと思い出せない

忘れてるんですよ　僕達は
世界のどこかで今も
神のために人間達が殺しあっていることを
平気で忘れちまうんです
いつかの恋もそうだ
愛が憎しみを分泌する時の
焼きゴテを押し付けられたような
あの胸の痛みさえも
今はおぼろげにしか思い出せない
だめだね　僕達は
そして性懲《しょうこ》りもなく
また誰かを好きになってしまう

忘れていてもかまわないこと
忘れているから何度も始められること
忘れたふりして実は鮮明に覚えていること
そんなのをゴッチャにしながら
僕達は無秩序に明日を探すのだけれど
油断すると本当に忘れてしまうよ
生きていることを

なんかびっくりしてるね　君
もしかしたら今のキスで
生きてるって思い出したの?

もう名づけようもなく

これはまたなんというスピード
助手席で私は歓声をあげる
世界は愛らしく輝かしい玩具《おもちゃ》で
窓の外を色になって流れる

そこにあるのは
たとえばくすくす笑い
こわれた髪留めと
ポットに入れたコーヒー

私たちは飛ぶように走る

香

連弾7

街を抜け森を抜け海辺を抜け
これなら誰にも追いつかれないと
得意になる

私たちは燃え
私たちは凍え
私たちは憎み
私たちは貪《むさぼ》り
そのあいだにも走り走り走り

そこにあるのは二人分の狂気
いまやほとんど他人のもののように思える記憶と
かつて愛だったもの
もう名づけようもなく
それでも頑としてここにあるもの

気がつけば私は助手席で
しわしわの老女になっているでしょう

72歳のスピード・レーサー

午前零時のスピード・レーサーは
ブロンズ像のように寡黙

海に突き出した断崖のカーヴを
華麗なハンドルさばきで制覇した
あの自慢話も最近は影を潜めた
助手席で嬌声《きようせい》をあげていた女たちも
もう孫のいる齢だ

We were born to die

雪

連弾 7

死ぬために生まれた
何も悲観的な話ではない
死ぬためには生きなければいけない
なら〝どう生きるか〟と訳すべきだろう

だがなぜあんなに急いだのか？
スピード・レーサーは
パイプの灰を落としながら自問する

あの娘は言った
コクトーの絵皿を使うホテルがあるのよ
小イワシのフリットが美味しいの
マントンの小さな港で
深くブレーキを踏み込んでいたら

全く違う人生を見られたのかも知れない

午前二時にレーサーは眠る
昔は速さを競いあった時間も年老いて
今は柔らかな毛布のよう
心の形に寄り添って
寡黙な彼を包み込んでいる

六角形と四角形

生命が充満しているような
あかるい三月の風が
吹いている
のに
目をほそめ
毛をそよがせる
彼はいない

彼の皮膚はうすく
やわらかく

香

連弾8

あたたかかった
のに
彼はいま
骨壺のなか
私の机の上
彼を包む静寂は
六角形で
白地に銀の模様入り

彼の鼻は黒く
ぬれ甘なっとうみたいに
光っていた
のに
彼はいま
写真のなか

私の机の上
彼を囲む額縁は
四角形で
ピンクとこげ茶色の革製

未来の記憶

ギターの弦が切れた瞬間
0.5秒のフラッシュ・バック
ボクは未来を憶い出す
キミがいた
はずの
底抜けに愉快な未来

共鳴した開放弦Aの残響
静寂まで3秒のフェイド・アウト
ボクは過去を空想する

雪
連弾8

激しさだけが愛じゃないと学んだ
はずの
美しい大人達の過去

廃品の回収車を
ドアの隙間から見送ったのは
いつだったのか?
信じたくない現実が
洩れ出さないように
形も匂いもタッパーで凍らせ
ぎっしり冷凍庫に詰め込んだまま
忘却の地へ放り出したのは
いつだったのか?

張り替えた弦の光沢

4秒前に思考をチューニング
ボクは現在に引き戻される
恋の素晴らしさを歌にしていた
はずが
優しい maj7 の和音が響かない
帰ってきた回収車の
クラクションがうるさくて

愛の記憶

わたしたちはくっついて眠り
くっついて遊び
くっついて食事をした
あなたにくっついたまま
わたしはあなたに絵葉書を書いた

庭にはバラが咲いていた
世界はみずみずしく
わたしたちは無敵で
百万年も生きられると思った

香

連弾 9

ほんとうに
あれはいつだったのだろう
トーストにのせたバターみたいに
あなたの上で
わたしの体が溶けてなくなり
心だけの身軽さで
どこにでも行かれると思ったのは

302

どこにでも行かれると思って
まずは新幹線に乗った
最寄りの新横浜から
夏真っ盛りの京都にでも行って
暑さに悲鳴をあげてやろうと思った

車窓に田園風景が続く
青々と茂った稲穂が
誇らしく太陽に対峙《たいじ》しながら
風の姿を真似ている

雪

連弾9

広大な稲田の中に点在する家屋
線路と平行に絶えず追ってくる国道
ぽつんとラブホテル

あの302号室でも
女は男にくっついたまま
どっか遠くへ逃げちゃおうよと
囁いているのだろうか

饐《す》えた匂いのする愛おしさ
光る刃物のような汚れなさ
不誠実を許しあった夜の悩ましさ

あなたとわたしも

どこにでも行かれると思っていた
二人が行けるたったひとつの場所にいることに
気づかずに

水田

たくさんの死のあとで
カエルが鳴く
空気をひやすみたいに

風が水田をわたる
あおあおとあおあおとあおあおと

また夏がくるのだ
たくさんの死のあとで

香
連弾 10

誰かが私たちを笑う
からからとからからとからからと

いずれ死者たちの列に連なる
けれどまだ生きている私たちのうえに
容赦なく日ざしが
ほら

夏よふくらめ
死者よざわめけ
死者よふくらめ
夏よざわめけ

ふくらんで

ざわめいて
この世のすみずみまで満たせ

誰かが私たちを暴《あば》く
葉もれ日のようにしずかに
あかるく
たしかに
ほら

太陽や永遠や一篇の詩

あなたを見る
高波の産声《うぶごえ》と断末魔が交錯する
八月の海で
遠い先祖の骨と混じり合った
白い砂の丘に座って

あなたに触れる
いずれ魂だけの国に戻される
けれどまだ潤いに満ちた
私たちの愛しい身体《からだ》の飢えに

雪

連弾 10

容赦なく日ざしが
ほら

そのとき私は震える
あなたの美しさに
瞬間という宴に饗された
眩惑にしゃぶりつき
恋という発泡酒を
喉元にこぼしながらも飲み干す
あられもない美しさに

この狂おしいばかりの真夏と
重く静かな死が
世界のどこかで繋がっていることを
あなたはもう知っている

私は恥じる
太陽や永遠や一篇の詩を妬《ねた》んでも
あなたの若さに
嫉妬をしてはならないのだと

けれど一体どうすれば

けれど一体どうすれば
嫉妬をせずにいられるでしょう

かたときも離れていられず
おなじ家に暮していても
毎日のように手紙を書いた
妹さえいれば万事オーケイだった
あの若い娘に

埃っぽいアメリカの田舎道を

香

連弾 11

仕事もなく恋人もなく
ただアイスクリームをたべるためだけに
白い太い脚でぺたぺたと歩いていた
あの若い娘に

いつか一人になることを
半ばおそれ
半ば安らかに信じて
準備としてお墓を買って
これでよしとばかりに結婚式をあげた
あの若い娘に

なにはともあれ日は真上に輝き
時間だけはきりもなくあって
とても使いきれないと思っていた

臆病で愚かで傲慢な
無防備で混乱していて不器用な
生真面目で滑稽で勇敢な
あの
若い娘たちに

翻訳

きりもなくあることが憂鬱だったのに
残り僅かになるとそれは
後悔と未練に埋め尽くされてしまって
もう過去の顔をしている
未来とはそんなもの

そばにあると光や微笑みに溶けていて
それが何なのかさえ忘れているのに
失くしたあと胸にぽっかり開いた穴で
どんなに大きなものだったか気づく

雪

連弾 11

愛とはそんなもの

届かないうちは宝石のように眩しく
5cm指を伸ばそうと躍起になるのに
摑めばそれは黒く尖った化石にすぎず
手の平にうっすらと血を滲ませるだけ
夢とはそんなもの

遠い昔から
世界中の先人たちが世界中の言葉で
私たちに伝えてくれていたこと
なのに私はそれらを
虚しさや悲しさや痛みに翻訳し
何十年もかかって漸《ようや》く理解した

ほんのひととき素顔に戻ってくれた未来と
何かわからないままでいてくれる愛と
幻影であっても輝き続けてくれる夢を抱いて
さて私は
最後の冒険に出かけることにしよう

冒険

おいで　子供たち
そこをでて
自分の足で歩いておいで

こぼれたミルクは
ほうっておきなさい
大丈夫
時はまだあなたたちのもの
憶えておいて

香

連弾 12

ブドウは皮ごと口に入れること
汚れた網戸に顔をつけると
顔に黒い網目がつくこと
つめたい小さな雪片が
白いまるい頬のうえで
たちまち溶けるときの感じ

いつかひとりぼっちで
裸足で踏む床がつめたく
歯ブラシをくわえたら吐き気がして
鏡に映る顔が知らない人に見えても

大丈夫
それはそれで
おもしろいことだから

バラの棘《とげ》を折って鼻につけて
水たまりには必ず足を入れて
しりとりの〝ん〟だけ避けて
おいで 子供たち

二人は詩人のように

二人はまるで
二人で一冊の本を綴る
詩人のように

この世に残っていたときめきを
バ行とカ行から救い出し
まだ知らなかった驚きを
ありふれた形容詞に見つけあい
〝ん〟縛りのシリトリを
「安心→信頼感→監禁→キン肉マン」

雪

連弾12

などと続けて
笑い方を思い出したりするうちに

言葉は沈黙の中に意味を秘めたり
真逆の感情を孕《はら》んだり
数億が一にも足りない珍事を起こしたり
無計画に張り巡らされた電線の如く
二人の間で混迷を極めるのだが

人だから

犬ではなく花ではなく
ましてや発泡スチロール容器でもなく

人だから

今　朝焼けの眩しさに目を伏せた理由を
煩《わずら》わしく照れながら
また言葉に訳して

二人で一冊の本を綴る
詩人のように

青い蜜柑にしてみれば

香

連弾 13

青い蜜柑《みかん》に
爪を立てると
ほとばしる
清冽な香気
朝の台所に
古代インドの風が立つ

ま新しい
目のさめるような
その香気

果肉たちのざわめき

けれどそれは
突然の無秩序
途方もない暴力
濃密な充足の崩壊
まどろみの終焉
永遠からの追放
紛うかたなき凌辱《りょうじょく》

まるい
小さい
それまであんなに完璧だった
青い蜜柑にしてみれば

演出された死

彼が死んだ
演出家だった

私は走っていた
アスファルトに落ちた汗を
幻だったかのように消し去る
凌辱的な太陽と喧嘩しながら

遺影はこのポートレートで
お別れの会はこの場所でと

雪

連弾 13

自分の死を演出し
冷蔵庫を隅々まで片付けて
自ら旅立った彼

何かが突然欠け落ちてしまった世界の
相変わらず長く嶮《けわ》しい坂の前で
私は立ち止まる

死んだ時に死は終わるのだ
だが生きている私達に〝彼の死〟は始まる

私は不意に
炎天下の舗道から
劇場の客席の冷えた暗がりへと攫《さら》われる
〝彼の死〟を観るために

数えきれない苦しさを
律儀に数えてしまった彼との記憶
それは
無いかも知れない歓びを
でっちあげて生きる私への
果てない設問

女たちは

男のひとは
愛に疲れやすいので
愛に倦《う》まない女たちは
自分ひとりで愛に溢れる

無いかもしれない窓をあけ
無いかもしれない風をうけとめ
無いかもしれないりんごをむいて
無いかもしれないゆりかごを揺らす

香

連弾 14

無いかもしれない床を掃き
無いかもしれないシーツを洗い
無いかもしれない日ざしのなかで
無いかもしれない幸福に目を眩《くら》ませる

無いかもしれない腕に抱かれて
無いかもしれない星を眺め
無いかもしれない思い出を抱き
無いかもしれない永遠を生きる

女たちは
愛に溢れる
どうしようもなく
愛に溢れる
朝も昼も夜も

男のひとが
愛に倦んでも

男たちは

女のひとは
愛をむさぼり生きるので
愛を産めない男たちは
夢を耕して愛を補う

あるに違いない未来を語り
あるに違いない成功に酔い
あるに違いない幸福に目を細め
あるに違いない平凡を享受する

雪

連弾14

あるに違いないりんごを頬張り
あるに違いない哺乳ビンを冷まし
あるに違いない住宅ローンも厭《いと》わず
あるに違いない愚痴にも耳を傾ける

あるに違いない浮気を隠し
あるに違いない苦難を乗り越え
あるに違いない「やがて」に脅《おび》えながら
あるに違いない別れの朝まで

男たちは
夢を耕す
愛を補えると信じて
夢を食わせる
朝も昼も夜も

女のひとが
消化しきれず夢を吐いても

やがて、夜があけます

やがて
夜があけます
世界が動き始めます
鳥たちが目覚め
日がのぼり
本がひらかれ
どこかで赤ん坊が生れ
黒板に数式が書かれ
畑が耕され
パソコンが立ちあがり

香

連弾15

人々は思考し
行動し
そこらじゅうに音が溢れ
活気とか
策略とか
愛憎とかも溢れます
から
その前に私たちは
池尻大橋で
カレーうどんをたべて帰りましょう

よくあること

カレーうどんをたべるつもりが
長崎ちゃんぽんを食べています
よくあることです
下田へ泳ぎに行ったはずなのに
なぜか箱根で風呂に浸《つ》かっているくらい
よくあることです
ギターが得意なのに
バンドでベースを弾かされているように
恋人にしたかった女性が
一生モノの友達になってしまったように

雪

連弾15

よくあることです
優しさを思い出したら
おせっかいと区別がつかなくなっていたり
愛だと信じていたものが
憎しみと掏《す》り替わっていたなんて程度に
よくあることです
人を虫けら扱いしたかっただけなのに
政治家になってしまうことや
家族を守りたかっただけなのに
戦場で人を殺してしまうことと同じように
よくあることです

ハトとカラス

そのハトは
そのカラスが苦手だった
禍々《まがまが》しく黒いし
狂暴なまでに大きく
ハトの内臓がふるえあがるような声で
いつも鳴いて威嚇するから

ハトの間近をカラスは飛び
それは間違いなくわざとなのだが
荒々しい音と共に

香

連弾 16

目の前を翼がかすめ
ハトの顔に風がぶつかる

カラスは笑うのだった
弱虫のお前なんかこわくない
はっはっはっは
ざまあみろ

ハトはカラスがこわいのだった
いつもいじわるを言うから
立ち居ふるまいが粗野だし

でも
他の鳥や犬や猫や
ヒトや自動車や自転車よりこわくなかった

そういう知らないものたち
世のなかのすべてよりは

そのカラスは
他のどのカラスとも違う
そのハトを苛立たせ
混乱させ
不愉快にできる
この世で一羽だけのカラス

そのカラスはそのハトの
この世で一羽だけの友達だった

未来に触れるなら

弱さは
それを認めた時
強さに変わることがあります

怖さは
それと闘ううち
勇気と呼ばれたりもします

だから逃げずに
壊さずに

雪

連弾16

もう少しだけ騙《だま》していましょうね
自分を

虚しさは
迷子のように抱きしめてやると
意外と夢に染まりやすいのです

醜さは
隠そうとさえしなければ
幾つかの困難からあなたを救います

だから恥じずに
暴れずに
もう一度だけ触れてみましょう
未来に

III

ファン・ゴッホ
「星月夜」
1889年

Alamy／PPS通信社

ゴッホさんがはしゃいでる

「カーニバルが来るよ」
小高い丘から空を見上げて
ゴッホさんがはしゃいでいる
「このピエロの衣装、どうかな？」
たぶん一年着たままの上着
茶色は生地なのか　汚れなのか
私には識別できない
「おお　ぐるんぐるん言ってる
あれか！　今夜《きょう》は…」
独《ひと》り言《ご》ちて　妙に納得したかと思うと

雪

星月夜１

ばぁっと景気よく丘から飛び降りた
ボロボロのポケットに突っ込んだ手を
蝶々みたいにバタバタやって

〝幻覚〟は名詞
見られない人が脅えるものの総称
〝狂う〟は動詞
もうひとりの自分と群舞してしまうこと

飛んでったのにゴッホさん
茨《いばら》の塔か 憎悪の化石か
黒いニョキニョキに引っ掛かってる
「へへ…まぁ、 いつものことさ」

カーニバルがやってきた

ぐるんぐるん
星月目映《まばゆ》いメリーゴーランド
ぐるんぐるん
青い闇も一緒に回る

〝にもかかわらず〟は接続詞
逆接されてニョキニョキも増える
〝悲しい〟は形容詞
ゴッホさんの想いを縁取る
〝もし〟は副詞
永遠に直せない口癖

出発

それでも私は外にでたかった
冬で
凍えるほど寒くて
私は裸足《はだし》だった
裸でもあった
生れたままの私だった

外にでても
何もないかもしれないことはわかっていた
むしろ

香

星月夜２

何もないことがすべてで
ほんとうだとたしかめたかった

私の手足はつめたい外気にさらされたがり
私の孤独な眼球は
つめたいすべてを映したがった

私は誰にもお別れを言わなかった
外気は青くて透明だった
ほかに何もなくても
そこには私の
ふるえる魂があった

カイユボット
「窓辺の若い男」
1875年

Bridgeman／PPS通信社

部屋

投げつける、しぼりだす、探しだす、
そのすべて
吐きだす、転がりでる、迸《ほとばし》らせる、
そのすべて
私の放った幾つもの言葉が
破片になって
意味を失い
部屋じゅうに散らばっている
私に背中を向けたあなたは

香

窓辺の若い男 1

いまどんな顔をしているのだろう
おもては静かに晴れていて
空気はあかるくクリスプで
角のパン屋から
夕方の焼きあがりを告げる匂いもしているのに
言葉が無効になる地点まで
私たちは来てしまった

悲嘆、怯え、恐怖、そのすべて
予感、怒り、驚き、そのすべて
幾つもの言葉が行く場所を失って
部屋のなかに転がっている

あなたの背中はもはや他人のそれで
ばらばらになった時間は

ほどけて外気にさらわれていく
私は雀になって
窓から飛んでいきたい

戦火と絶望

ピエールがやって来て
国境で銃撃戦が始まったと告げる
私は通りを眺めたまま
彼が泣いていることに少し驚く
空は不必要に晴れていて
馬車の不均一な車輪の下には
不愛想な平和が吹き溜まっている
私は通りを眺めたまま
女を忘れられないことに少し苛立つ
エズ村の断崖の隠れ宿で

(雪)

窓辺の若い男 2

狂人を演じあった七日間の記憶
支配したはずの女が水曜の朝
寝言で亭主の名を呟いた
とんだ喜劇での幕切れ
私は通りを眺めたまま
人で在ることに少し鼻白《はなじろ》む
女の腹を蹴り罵声を浴びせた私が
女の腹の上で愛を濡らしていた私と
同じ人で在るという恐怖
その恐怖を払拭《ふっしょく》できないことが
絶望の意味なのだと
私は通りを眺めたまま
逃げ去ったピエールに話しかけている
まだ街角に銃声は聴こえない

アンリ・ルソー
「詩人に霊感を与えるミューズ」
1909年

Bridgeman／PPS通信社

放っておいてください

雪

詩人に霊感を
与えるミューズ１

ねえミューズ
なぜ詩人なんかに霊感を与えるのですか？

ヴァイオリンも楽譜も買えなかった
貧乏人の音楽家が
木炭デッサンで爪を真っ黒にしなかった
怠け者の絵描きが
深夜の豚骨ラーメンを絶てなかった
不摂生なダンサーが
理屈を並べないと騙《だま》せなかった

フェロモン不足の結婚詐欺師が
おカネのかからない言葉を
練習の要らない言葉を
カロリーに影響されない言葉を
どうせ誰も信じていない言葉を
いかにも難しそうにヒネくり回して
詩人と名乗るのです

そんなヤツラに余計な能力を与えても
ろくなことはない
神聖であるはずの霊感そのものを
嘘クサイ代物に貶《おとし》めてしまいますよ

ねえミューズ

放っておいてください
失敗したり迷ったりクヨクヨしたり
先の読めない人生を楽しんでいる
というフリをしてみせること
それが詩人の
たったひとつの特権ですから

遠い旅をする必要は、でも必ずしもないのだ

遠い旅をする必要は、でも必ずしもないのだ。それはたとえば忘れられた約束や、交わされなかった口づけや、やめてしまったピアノの音色、のなかにあるのだし、とれたボタンや、しばらく磨いていない窓ガラスや、たべかけのホットドッグや、雨に濡れた線路、のそばにも転がっている。夕方の路地や、真昼の墓地や、コーヒーカップの底や、抱かれあきた体や、中華料理店の厨房、にもひそんでいるし、つまらない映画を観たあとの街の空気や、水ゴケにおおわれたからっぽのプール、のなかにもあって、つまりこの世はフロントガラスにぶつかってくる虫が、最期にもらす息ほどにあえかな、でもたしかな詩情に満ちているのだ。妙に堂々とした植物も、豊満な肉体を持つ女も、楽園に住んでいればいい。

香

詩人に霊感を
与えるミューズ2

ハンス・バルドゥング
「人生の三段階と死」
1539年

Lessing／PPS通信社

何も持たずに、ひとりで

香

人生の三段階と死 1

おいで
と
死者たちは招く
幾千年も続いてきたこと
あのときあなたが持っていたもの
柔らかな肌
曇りのない眼
注意深い耳
どこまでも歩ける足

永遠のように思える時間
輝かしい退屈
持っていることに気づきさえしないで

おいで
と
死者たちは招く
さらさらと砂をこぼして

あなたがこれから失うもの
冬の夜の街の匂い
初夏に揺れる柳の緑
朝のトースト
つめたい豆腐の舌ざわり
なつかしい部屋

友達の声
電車の振動
心配事
窓の外でさえずる雀
夕暮れ
情熱
なにもかもそこにあるのに

おいで
と
招かれればあなたは行く
何も持たずに
ひとりで

オトナと死の間

俺がオトナになったのは
選挙に行った日曜の朝ではなく
お姉さんに誘惑された昼下がりでもなく
刺さった孤独を引き抜いた夕暮れでもない

俺がオトナになったのは
生きることが
少しずつ死ぬことだと気づいた夜
ゴールデン街には雨が降っていた

(雪)

人生の三段階と死 2

舗道をふさいだゴミ袋の山に
背中から倒れ込んで「わおぅ」と叫んだ
開けた口の中に雨粒の池を造って
それをゴクンと飲んだ

空の涙は五分後に
俺の血となるだろう
この世界の一員として
生から死までの諸階段を全《まっと》うするために

終電に乗り遅れた酔っ払いが
厚化粧の堕天使にぼったくられている
この世界の路地裏で
生きることが
まだ闘うことであるはずの若者に絡んで

ボコボコに殴られてみたかった

オトナになってもギザギザのハート
どこで研磨すればいいのやら
オトナと死の間で
途方に暮れて

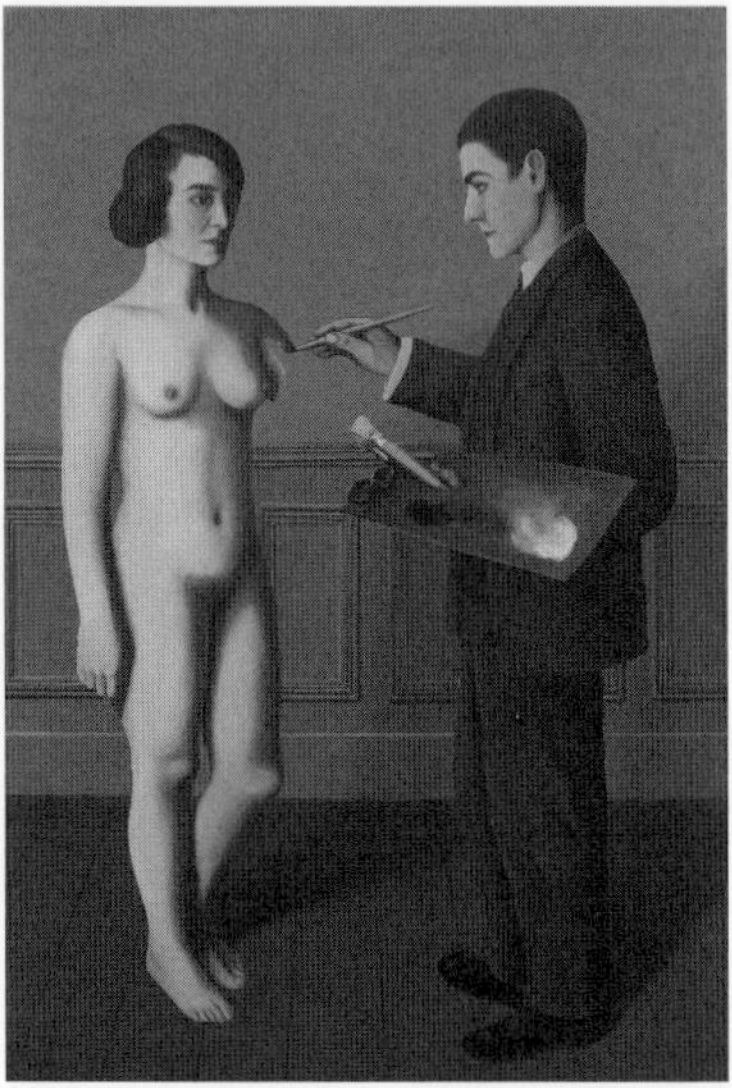

ルネ・マグリット
「無謀な企て」
1928年

豊田市美術館蔵

誰かが俺を書いている

性悪《しょうわる》で　そのぶん魅力的な女を
ひとり産み落とす
作り手に害が及ばないことを承知で
その女に愛というテーマを与えたら
電動ノコギリのように振り回し
恋した男達のハートを切り刻んでしまったが
まあそれも良しとしよう
こちら側にいれば痛くないのだから

雪

無謀な企て1

だがこの女は一体何がしたいのだろう
男達を翻弄することが快楽なのか？
ビッチを演じて相手の心を試しているのか？
愛に対する幼い頃のトラウマがあって
異常なまでの攻撃性を発揮してしまうのか？

物語の展開を模索して
ＰＣに釘付けの数時間
ふと振り向くと女がソファーで笑っている
脚本家さん、ダメじゃないの、
あなたが入って来ちゃ。

冷たいことを言うなよ、
俺と恋をしたっていいじゃないか。
日常を壊すスリルを纏《まと》った女

おまえは完璧に俺の理想なのだから
そうつぶやいて啞然とする
何かが頭の中で弾ける
まさか……
誰かがこの俺を書いている
誰かがこの俺を書いている気がするのだ

こうして私は何度でも

どうか途中でやめないで
左腕は大事なの
右手でペンを持つあいだ
煙草をはさむのは左の指先だし
右手で包丁を持つあいだ
きゅうりを押さえるのは左手だから

どうか私に声も与えて
愛の言葉を囁くためだけじゃなく
すすり泣いたり

香

無謀な企て 2

家計の苦しさを訴えたり
昔よりやさしくなくなったあなたを責めたり
眠れない夜に
自分で自分に子守歌を歌ったりできるように

どうか途中でやめないで
こうして私は何度でも
あなたの筆で作り替えられる
あなたの筆は張りがあってつめたく
はじめはおずおずと
やがて確信を持って
私の肌にふれる

どうか足は太く丈夫に描いて
いつかあなたから去るとき

一人で
元気に
どこまでも歩いて行かれるように

往復書簡

江國香織様

ＳＯＨＯの江國さんに「Hello！」

吸い込んだＮ.Ｙ.の冷気をハートの熱が溶かして、身体中に〝興奮〟が循環し始めた頃だと思います。

雪は、大丈夫？――実はこの時期、大雪で２日間ホテルに閉じ込められたことがあって――ああでも、江國さんならそんな日もHot Wineかなんか飲んで、ニットを何枚も重ね着して、雪景色のタイムズ・スクエアへ突進されているに違いありませんね、半分、雪ダルマになりながら…あ、失言だ…撤回します（笑）。

でも僕にとって江國さんは、どこまでもヤンチャでマニッシュな元気印。綺麗で繊細な魂はいつだって、タフな好奇心で武装されています。

今回、ミュージカルは御覧になれるのですか？　先日お話ししたヒップホップ・ミュージカル『Hamilton』はやはり入手困難で、$120のチケットが$800くらいのプレミアム料金になっているようです。『In the Heights』で二〇〇八年にトニー賞を獲ったマニュエル・ミランダが作詞&作曲をし、自らが主役のハミルトンを演じているのですから、その人気は致し方ないのかも知れません。

もしも演目を決めかねているのなら『Kinky Boots』がお勧めです。この作品も二〇一三年にトニー賞を獲ったのですが、何といってもシンディ・ローパーの作詞&作曲が素晴らしい。そしてもっと凄いことに、今年の夏上演予定の日本版のために、なんと、僕が訳詞を敢行中なのです(笑)。

潰れかけた老舗靴店の若社長が、偶然出逢ったドラッグ・クイーンのために強固なピンヒールの靴を考案しながら、人生の意味を見い出すストーリー。原作の映画は御覧になっているかも知れませんね。

さて…連弾詩…七月に二週間ほど僕もN.Y.に行きますので、例えば、チョコレート・ボックスに詩の破片を放り込んで、江國さんのホテルの近くの

Washington Square Park、その公園の4th Ave. 側の入口から一番近いたぶん緑色のベンチの背もたれの裏に張り付けておいてもらえますか？　ああ、そうですね、すぐ剝がれ落ちてしまいそうな場合は——そのベンチを遊び場にしているリス君に、そっと耳打ちしておいて下さい。

七月の眩しい陽射しの中、間違いなくリス君を見つけて、詩のフレーズを聞き出します。

雪の結晶が溶けた匂いのする、静謐なその一行を。

1／20／2016

森雪之丞

森雪之丞さま

FAX拝受。〝身体中に興奮が循環〟するってあの街についたときにぴったりの表現ですね。はい、ご想像通り循環し続けでした。同時に、とても落ち着く街でもあります。しかも大雪！　今回、ミュージカルは観られなかったのですが（KINKY BOOTSの日本版をたのしみにします）、アルバニーで大学チームのアイスホッケーを観ました。

そして、今はテネシー州ナッシュビルに来ています。ここも雪。毎晩ライブハウスに入りびたっています。ウィスキーの州なのに、初日に頼んだストレートのウィスキーがいちご味で驚愕しました。混ぜものをするなんてもったいない、という感覚はあまりないようで、私には信じられないことでした。それからは注意深く、混ぜもののないやつを選んでいるのですが、そうすると、日本でいつものんでいるのとおなじ銘柄になってしまいます。ちょっとつまらない。でも、そのぶん（？）地ビールが充実していてたのしいです。

ナッシュビルはほんとうに音楽の街で、道路のあちこちに箱型スピーカーが設置されていて、昼も夜も音楽が流れています。のんびりした街です。アパートメントホテルに泊っているので台所があり、毎朝卵を一つ茹でてコーヒーといっしょにたべてから、外に遊びにでています。あ、間違えた、外に取材にでています。ホテルのすぐそばに線路があって、貨物列車がたくさん通るので、ガタゴトという音や振動や、警笛がしょっちゅう届きます。一度、車両の数を数えたら140もありました。

詩ですが、ワシントンパークのりすは忙しそうだったので、チャイナタウンの（暇そうな）のら猫にたくしておきました。

JAN. 28. 2016

江國香織

あとがき

森雪之丞

扉を開けられた方々から、お便りが届いています。そこでこの場を借りて、開けたら一体どうなったのか？　そこには何があったのか？――皆さんと共に検証していきたいと思います。まずは京都府在住のAさん。彼は詩で現状を報告してくださいました。

扉のかたちをした闇を開けると
朝が何百本もの筋に分かれて降り注いでいたが
よく見るとそれは光の鉄格子だった
心は希望に満ち溢れているが
眩しすぎて一歩も動けない

闇の向こうにはやはり光があったのですね、良かった。……ですが同時に、新たな問題も提起されました。未来を照らす光も、時として私達の行方を遮ることがあると……。次は茨城県のBさんからです。

闇を開けると『入口』という文字を模《かたど》った鏡がありました。
勇気を出して鏡に滑り込むと『非常口』の誘導灯が見えました。
誘われるまま近づくと何と『落とし穴』が掘られていて、ドスンと落ちた闇の中、今は『百のドアノブ』が宙に浮かんでいます。
私は一体どうすればよいのでしょうか？

Bさん、それ、冒険！　あなた冒険を始めたんです。素晴らしい！——そうそう、Bさんにこんな話はいかがでしょう。

二人で朗読会を始めた頃、詩についてのインタビューで江國香織さんは言いました。いつもの、小鳥のさえずりのように愛らしい声で、小リスのように真摯な上目遣いで。

「私はただ、ここにある世界を言葉にしているだけです。」と。

――びっくりしました。

だって退屈で煩雑なこの世界を、切なく愛しくスリリングなワンダーランドに変貌させてしまう江國さんの詩の根源が「ただ言葉に写し取るだけ」なんて、目から鱗《うろこ》が落ちました。僕はと言えば、見えないモノを見ようとして、言えないコトを言おうとして、自分に都合の良い仮想世界を造ることに躍起でしたから（今でもその傾向はありますが……）本当に驚いたのです。

詩人の目や耳や心を通せば、この世界はすでに果てしなく魅力的で、そこに生きていることがすでに狂おしい物語であることを、僕は江國さんから学んだのでした。

詩は、僕達が冒険者であることを教えてくれます。もちろん現実の世界で冒険する以上、傷は絶えません。元々心はそんなに強靭に出来てはいませんし、苦悩の固まりが詩として吐き出されることもあるでしょう。それでもそこにある闇を扉に見立てたい。どんな悲しみに迷っても、何かを扉だと信じられれば『次』が始まります。『次』はいつだって自分の中にあるからです。

二〇一一年に朗読ライブから始まった江國さんとのセッションは、二〇一三年の八月から小学館『本の窓』の誌面に舞台を移し、約三年、連載を続けました。

その間、詩という、この時代なかなか扱いにくい作品を温かく見守り、詩集へと導いてくださいました担当の刈谷政則さん、「本の窓」編集長の岡靖司さん、そしてホーム社の木葉篤さんに、江國さん共々感謝申しあげたいと思います。

(2016/10)

オズの魔法使い

L. F. ボウム　江國香織／訳

竜巻で吹き飛ばされたドロシーと愛犬トトが辿り着いたのは、魔法使いオズが支配する見知らぬ国だった。故郷へ帰るために少女の冒険が始まる。道連れは脳みそのないかかしと心臓のないブリキのきこり、そして臆病なライオン。

あたしの一生
猫のダルシーの物語

ディー・レディー　江國香織／訳

「こんなにストレートな愛の物語を読んだのはひさしぶりでした。ストレートで、強く、正確で、濃密な、愛の物語」（江國香織）。猫の一人称で語られる「あたし」と「あたしの人間」の17年と4カ月の物語。猫文学のロングセラー。

―本書のプロフィール―

本書は、二〇一六年十二月に単行本として小学館より刊行された同名の作品を文庫化したものです。

小学館文庫

扉《とびら》のかたちをした闇《やみ》

著者　江國香織《えくにかおり》
　　　森雪之丞《もりゆきのじょう》

二〇二一年七月十一日　　初版第一刷発行

発行人　飯田昌宏
発行所　株式会社　小学館
〒一〇一-八〇〇一
東京都千代田区一ツ橋二-三-一
電話　編集〇三-三二三〇-五一三二
　　　販売〇三-五二八一-三五五五
印刷所――――図書印刷株式会社

ISBN978-4-09-407038-5